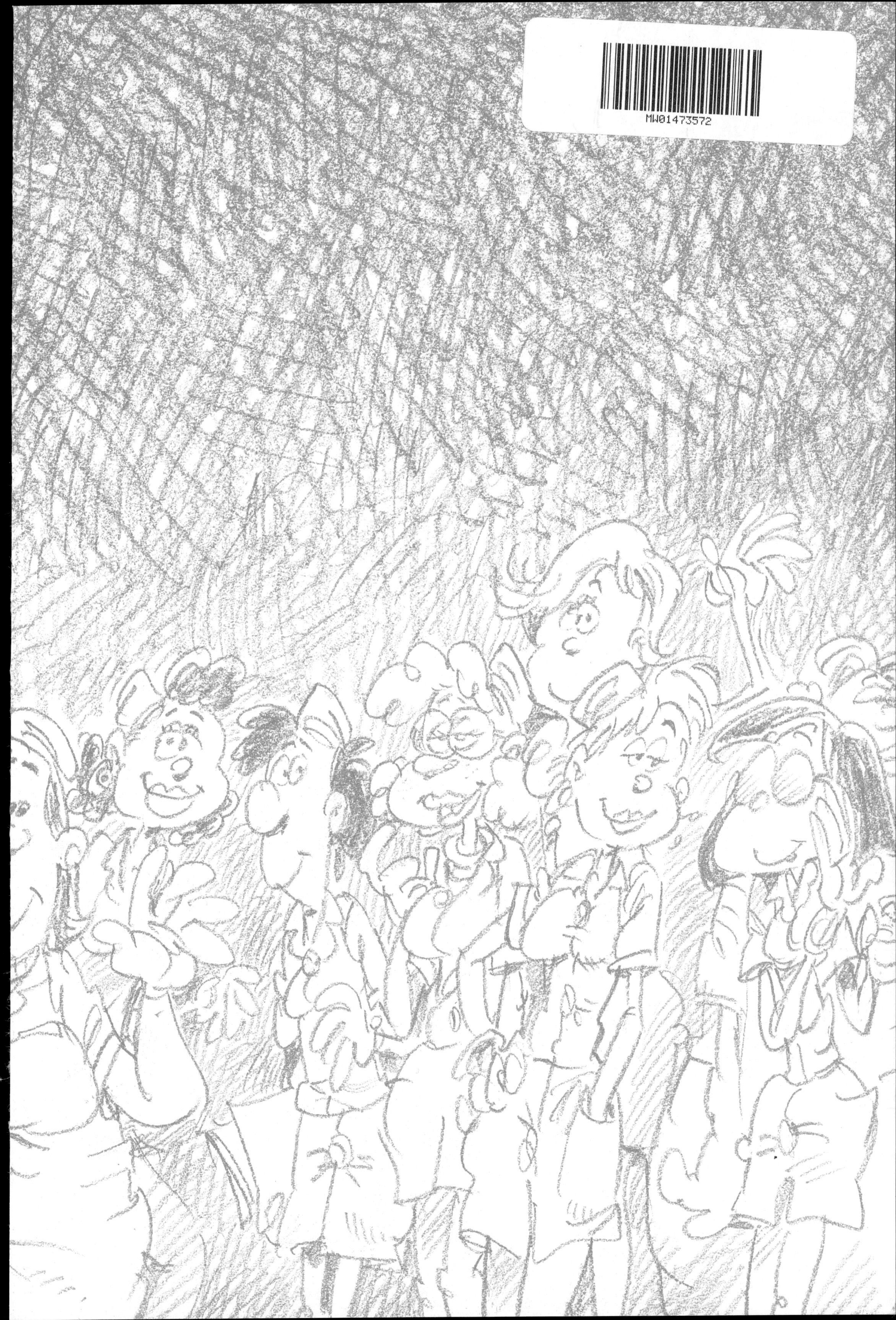

Les Femmes en Blanc

OPÉRATION DUO DES NONNES

Dessin : Bercovici / Scénario : Cauvin

DUPUIS

D. 1999/0089/1 — R. 9/99.
ISBN 2-8001-2647-7 — ISSN 0771-9124
© Dupuis, 1999.
Tous droits réservés.
Imprimé en Belgique..

Fichu métier

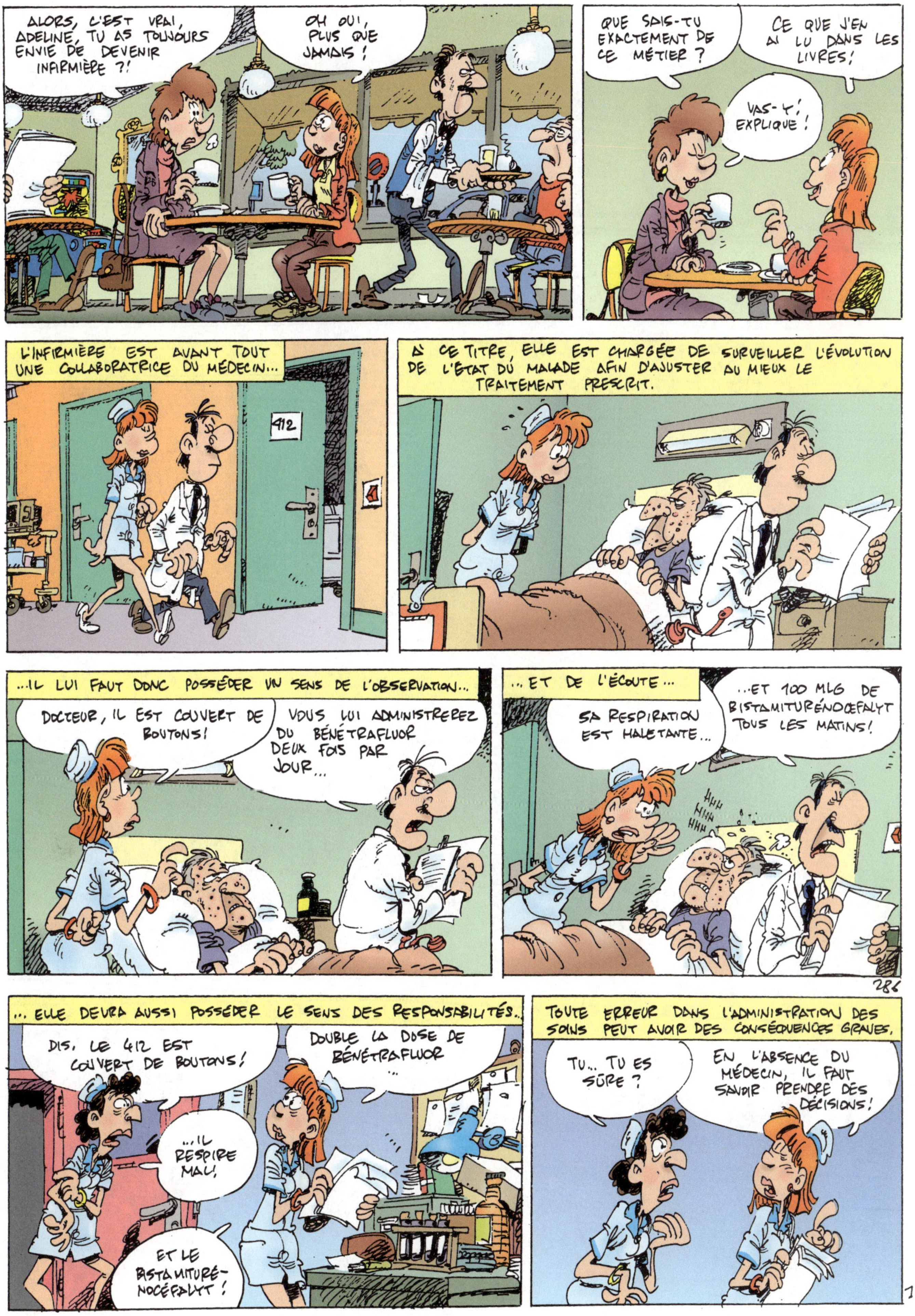

L'APTITUDE À TRAVAILLER EN ÉQUIPE LUI SERA INDISPENSABLE.
LE 320 APPELLE!
J'Y VAIS!
MAIS NON, JOSÉPHINE! CONTINUE À BOIRE TON CAFÉ, MOI, J'Y VAIS!
LAISSEZ TOMBER! MOI, J'Y VAIS!
ELLE EST LE MAILLON CENTRAL DE TOUTE L'ÉQUIPE SOIGNANTE, ACTIVE ET DISPONIBLE.
BON, QU'EST-CE QUE J'AI À FAIRE AUJOURD'HUI ?
AH, OUI ...
DE PLUS, ELLE DEVRA DÉMONTRER SANS CESSE SON HABILETÉ : SES GESTES DEVRONT ÊTRE SÛRS ET PRÉCIS...
DANS L'ASPECT LE PLUS TECHNIQUE DE SON ACTIVITÉ, ELLE DEVRA ASSURER LES PANSEMENTS ...
...LES PIQÛRES...
LES PERFUSIONS ...
LES PRÉLÈVEMENTS SANGUINS...
ELLE DEVRA AUSSI FAIRE PREUVE D'UNE EXCELLENTE RÉSISTANCE PHYSIQUE ET NERVEUSE...
286
SURTOUT DANS LES SERVICES À PATHOLOGIE GRAVE...
COURAGE, MONSIEUR BERTHON! LE DOCTEUR VA DEVOIR VOUS COUPER LA JAMBE!
FAITES CE QUE VOUS AVEZ À FAIRE!
ET, LE CAS ÉCHÉANT, DANS DES SERVICES PSYCHIATRIQUES...
ON AVALE BIEN SON CACHET MONSIEUR TINLOT! À LA UNE, À LA DEUX...
...À LA TROIS!
GLOUPS!
BIEN! TRÈS BIEN!
2

DÉSOLÉE DE TE DÉCEVOIR, ADELINE, MAIS ÇA C'EST DE LA THÉORIE...
AH BON ?
DANS LA RÉALITÉ, ÇA SE PASSE TOUT AUTREMENT ... VEUX-TU QUE JE TE RACONTE ?
OH OUI ! VAS-Y !
L'INFIRMIÈRE, COLLABORATRICE DU MÉDECIN, TU PARLES...
DOCTEUR MINET, DOCTEUR, MINET !...
VOUS DEVRIEZ ALLER VOIR LE 412, IL EST COUVERT DE BOUTONS...
SUIS OCCUPÉ !
SA RESPIRATION EST HALETANTE, ET...
SUIS OCCUPÉ, J'AI DIT !
GENEVIÈVE, JE VIENS DE PASSER AU 412, ET...
OUI, JE SAIS !...
IL DOIT FAIRE UNE RÉACTION À QUELQUE CHOSE. ON NE PEUT PAS LE LAISSER COMME ÇA ! IL VA Y PASSER !
VA LE DIRE AU DOCTEUR MINET ! C'EST À CÔTÉ ...
TU LUI AS DIT ?
OUAIS !
ET ALORS ?
IL EST OCCUPÉ...
EUH... BON ! QU'EST-CE QU'ON FAIT ?! IL N'ARRÊTE PAS D'APPELER ! SA LAMPE N'ARRÊTE PAS DE CLIGNOTER !
DÉVISSE L'AMPOULE !
QUANT AU TRAVAIL D'ÉQUIPE...

BON, VOILÀ QUE C'EST LE 320 QUI APPELLE À PRÉSENT... EST-CE QUE L'UNE D'ENTRE VOUS PEUT Y ALLER ?
BEEEEP
COMMENT VEUX-TU QU'APRÈS CELA, ON GARDE LE GESTE SÛR ET PRÉCIS?...
DANS L'ASPECT LE PLUS TECHNIQUE DE NOTRE ACTIVITÉ, ASSURER LES PANSEMENTS PAR EXEMPLE...
GNNN...
... LES PIQÛRES...
OUAAAH!
TCHAK!
LES PERFUSIONS...
?
...OU LES PRÉLÈVEMENTS SANGUINS...
GLOUG GLOUG GLOUG
COMMENT, APRÈS CELA, FAIRE PREUVE D'UNE EXCELLENTE RÉSISTANCE PHYSIQUE ET NERVEUSE?...
BLOC OPERATOIRE C
ET MOI JE VOUS DIS QU'IL NE FALLAIT PAS LE LUI DIRE!
JE... J'AI CRU BIEN FAIRE...
...DANS LES SERVICES DE PATHOLOGIE GRAVE...
OÙ EST-IL À PRÉSENT?
SAIS PAS! ON CONTINUE À CHERCHER, DOCTEUR!
ET, LE CAS ÉCHÉANT, DANS LES SERVICES PSYCHIATRIQUES...
HEEEELP!

LÀ, TANTINE, TU EXAGÈRES!
À PEINE...
MAIS ALORS, POURQUOI TU NE QUITTES PAS CE MÉTIER, SI TU NE L'AIMES VRAIMENT PAS?
J'AI PAS DIT ÇA! ET PUIS, PARFOIS...
IL Y A QUELQUE CHOSE QUI FAIT QUE, QUELQUE PART, ON SE SENT UTILE...
...QU'ON EST LÀ POUR QUELQUE CHOSE...
QU'ILS ONT BESOIN DE NOUS...
...QU'ON LEUR APPORTE QUELQUE CHOSE...
...ET QU'APRÈS TOUT, IL N'Y A QUE CELA QUI COMPTE.
PLUS TARD...
ALORS, C'EST VRAI, TA NIÈCE A DÉCIDÉ DE DEVENIR INFIRMIÈRE?
OUI, ET FIGUREZ-VOUS QU'EN LUI RACONTANT EN QUOI CONSISTAIT EXACTEMENT NOTRE TRAVAIL, J'AI DÉCOUVERT COMBIEN IL COMPORTAIT MALGRÉ TOUT DE CÔTÉS ATTACHANTS!
286
DITES DONC, IL Y A LE 260 QUI APPELLE... EST-CE QUE L'UNE D'ENTRE VOUS PEUT Y ALLER?
ATTACHANTS... TU PARLES!
5
CAUVIN · BERCOVICI

Du rêve à la réalité...

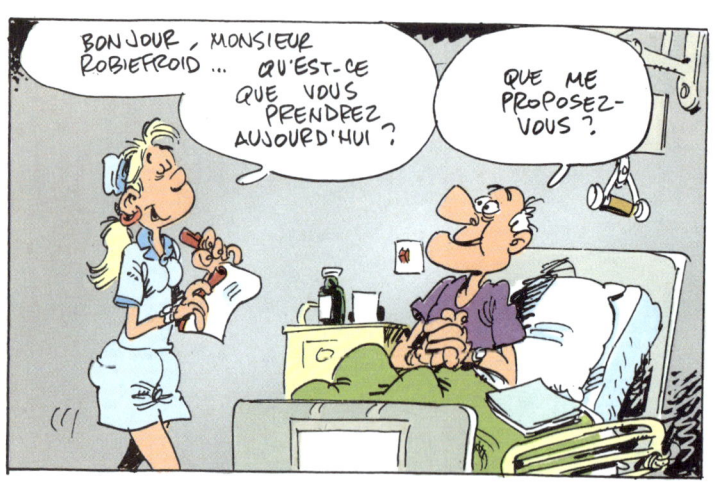

Faut pas pousser !

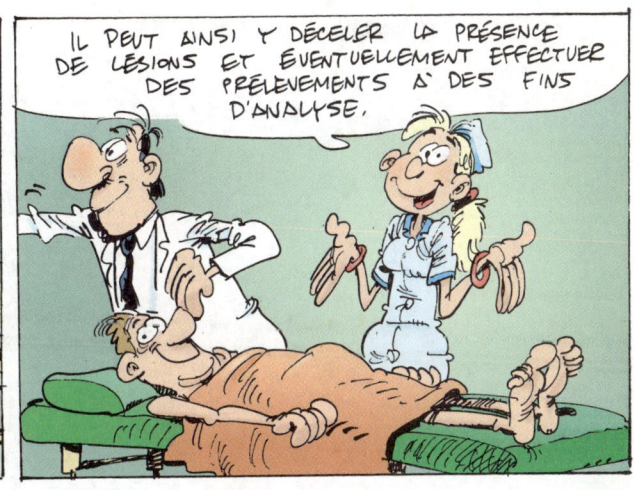

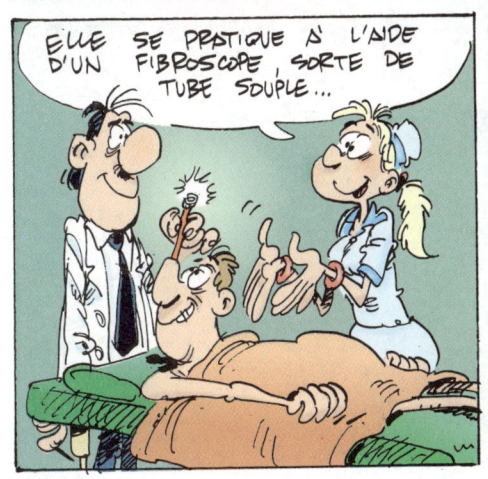

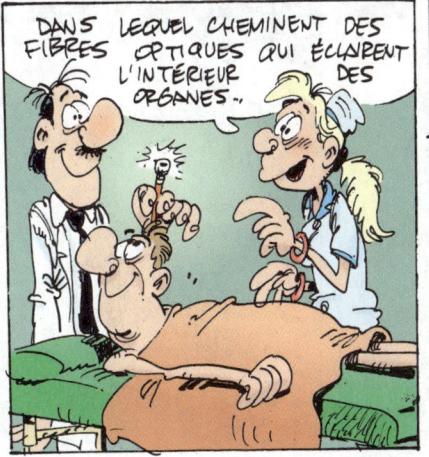

VOUS VOYEZ QUELQUE CHOSE ?
NON !
AVALEZ !
GLOPS !
ET MAINTENANT ?
AAAAH ! ÇA Y EST ! ALLEZ-Y !
AVALEZ !
GLOPS
ÇA Y EST !
QUE VOYEZ-VOUS ?
LE CARRELAGE.
C'EST BON, J'ARRIVE...
LE CARRELAGE !?
À MON AVIS, DOCTEUR, VOUS AVEZ POUSSÉ LE BOUCHON UN PEU LOIN !
ENFIN, SI JE PUIS DIRE...
BON, ON RECOMMENCE ?
IL VAUDRAIT MIEUX !
OH NOOOON !
OH, SI !
28'
TOUT LE MONDE EN PLACE !
KLAK !
LA FIBROSCOPIE #2
MOTEUR !
SILENCE, ON TOURNE !
TRÈS COURAMMENT PRATIQUÉE, LA FIBROSCOPIE ŒSOGASTRO-DUODÉNALE PERMET AU PRATICIEN...
C'EST LA DERNIÈRE FOIS QUE JE ME PORTE VOLONTAIRE...
2
CAUVIN · BERCOVICI

Zwip zwip zwip

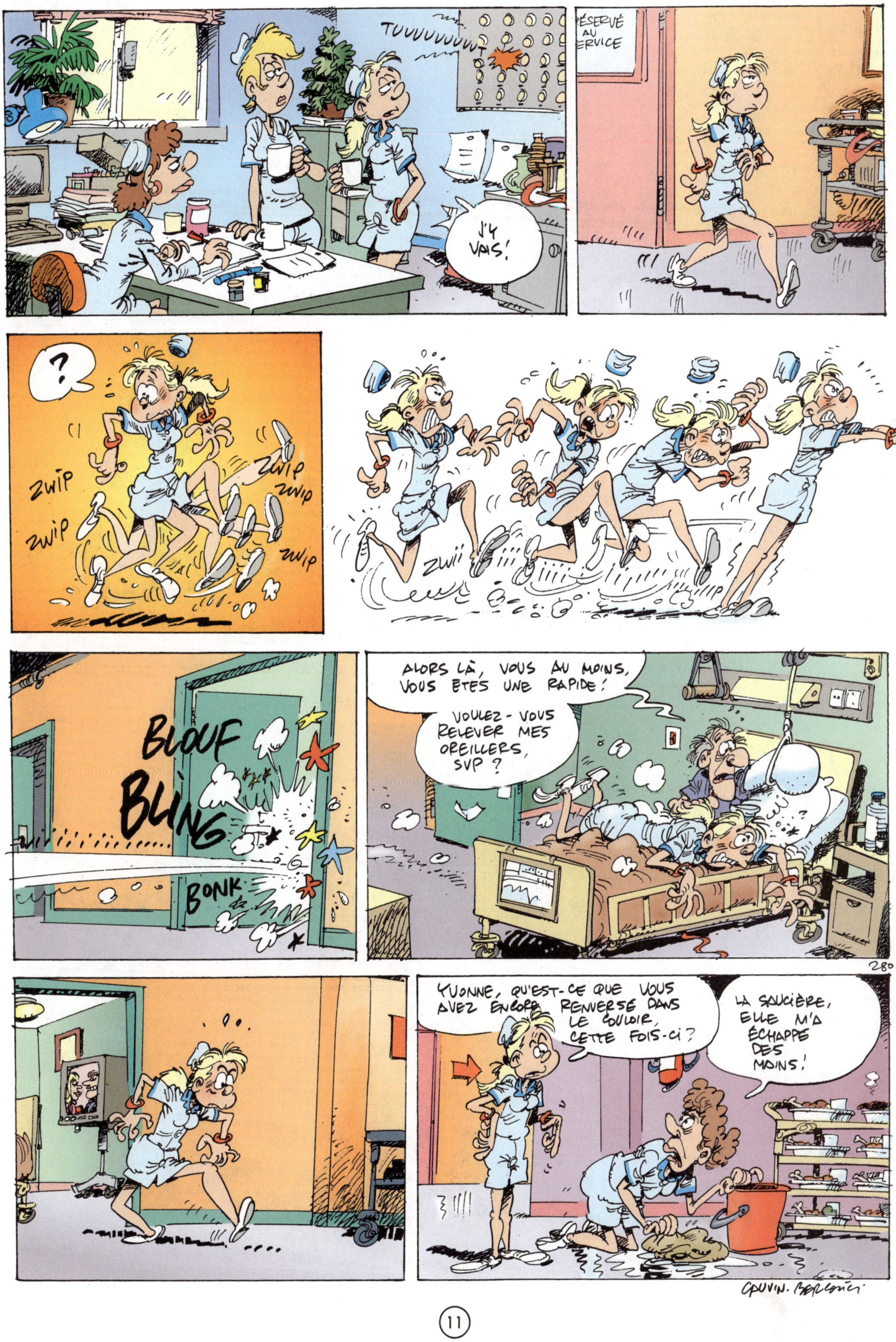

Surprise sur prise

ÇA Y EST !
J'AI UNE TOUCHE !
CRRRRRRRRRR
?
CRRRR...
?
???
?
EN CAS DE NOYADE, SI VOUS DEVEZ INTERVENIR...
...VÉRIFIEZ D'ABORD COMMENT LA VICTIME RESPIRE...
SI LA VICTIME NE RESPIRE PLUS, COMMENCEZ LE BOUCHE-À-BOUCHE IMMÉDIATEMENT...

MAIS ...? QU'EST-CE QUE VOUS FAITES? VOULEZ-VOUS BIEN RETOURNER À VOTRE PLACE ET FAIRE CE QUE VOUS AVEZ À FAIRE !?
MAIS C'EST UN MEC !
C'EST UN ÊTRE HUMAIN AVANT TOUT...
J'AI CASSÉ !
AMATEUR !
FLOUTCH
TAC
ÇA Y EST ! J'AI UNE TOUCHE !
?
?
?

Bonjour !... Bonsoir !.

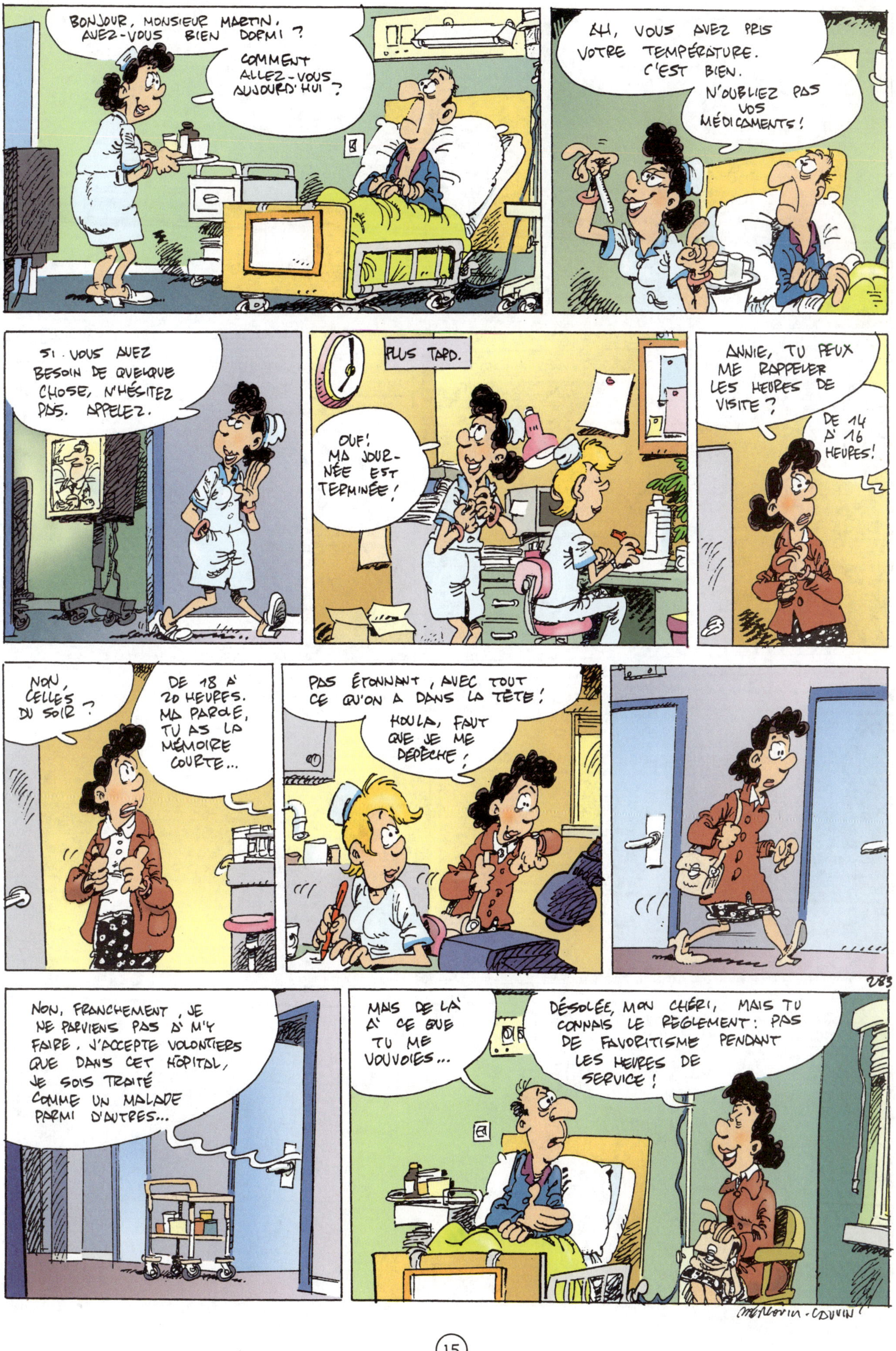

Il fut un temps...

SI TU AS ENCORE BESOIN DE TES TROIS RONDELLES DE SAUCISSON, FAUT ALLER PLUS LOIN...
...BEAUCOUP PLUS LOIN FAUT PRENDRE LA VOITURE...
...ET QUAND T'ARRIVES LÀ-BAS, C'EST PLUS GRAND, C'EST IMMENSE...
QUAND TU ENTRES, ON T'IGNORE...
TU N'Y CONNAIS PERSONNE...
UNE FOIS TES EMPLETTES FAITES, FAUT FAIRE LA QUEUE AUX CAISSES...
ET QUAND TU SORS, ON FAIT COMME SI T'ÉTAIS PAS VENUE...

POUR LES SOINS C'EST PAREIL. RAPPELLE-TOI, AVANT, QUAND TU SOUFFRAIS D'UN PETIT QUELQUE CHOSE, IL Y AVAIT TOUJOURS UN PETIT HÔPITAL PAS TROP LOIN DE CHEZ NOUS...
PEUT-ÊTRE PAS AU VILLAGE, BIEN SÛR, MAIS AU MOINS DANS LA PETITE VILLE, JUSTE À CÔTÉ...
QUAND ON S'Y RENDAIT, ON ÉTAIT TOUJOURS ACCUEILLI AVEC CHALEUR ET GENTILLESSE...
BONJOUR! POURRAIS-JE AVOIR VOTRE DOSSIER, S'IL VOUS PLAÎT ?
ACCUEIL
ON Y RENCONTRAIT TOUJOURS QUELQU'UN, UN VOISIN, UNE CONNAISSANCE...
ALBERT, TOI, ICI ? ÇA NE VA PAS ?
MOI, SI! C'EST POUR MA FEMME!
ON NOUS RENSEIGNAIT AIMABLEMENT...
L'ASCENSEUR EST AU BOUT DU COULOIR!
VOUS VERREZ, C'EST AU DEUXIÈME ÉTAGE, LA PREMIÈRE PORTE À DROITE EN SORTANT!
...ET UNE FOIS LA VISITE TERMINÉE, ON NOUS DISAIT AU REVOIR QUAND ON QUITTAIT LES LIEUX.
SORTIE
...ET BON RETOUR CHEZ VOUS!
À PRÉSENT, QUAND TU SOUFFRES, IL N'Y A PLUS D'HÔPITAL DANS LA PETITE VILLE D'À CÔTÉ...
...IL FAUT ALLER BEAUCOUP PLUS LOIN, IL FAUT PRENDRE SA VOITURE...
VROOOO

... ET QUAND ON ARRIVE LÀ-BAS, C'EST PLUS GRAND, C'EST IMMENSE ...
F
G
H
HOPITAL CENTRAL
ON VOUS IGNORE À L'ENTRÉE ...
ON NE CONNAÎT PERSONNE ...
VOTRE DOSSIER !
ON NE SAIT MÊME PAS PAR OÙ ALLER.
CARDIOLOGIE
CHIRURGIE DIGESTIVE
CHIRURGIE PLASTIQUE
SORTIE DE SECOURS
DERMATO-LOGIE
ASCENSEURS
CHIRURG VASCULAI
DIÉTÉTIQUE
OPHTALMOLOGIE
ORL
WC
QUAND ON A FINI LA CONSULTATION ...
IL Y A FOULE À LA CAISSE ...
ET ON NE NOUS DIT MÊME PAS AU REVOIR QUAND ON SORT.

OUI, MAIS DE LÀ À M'AVOIR FAIT EXAMINER PAR UN REBOUTEUX...
QUOI, UN REBOUTEUX ?
D'ABORD, IL N'HABITAIT PAS LOIN DE CHEZ NOUS, ENSUITE IL NOUS A ACCUEILLIS AVEC CHALEUR ET GENTILLESSE, ON N'A PAS DÛ FAIRE LA QUEUE À LA CAISSE ET IL NOUS A SALUÉS QUAND ON EST PARTIS !
OUI, SEULEMENT IL NE M'A PAS GUÉRIE.
QU'EST-CE QUI TE FAIT CROIRE CELA ?
J'AI ENCORE MAL !
NE ME DIS PAS QUE TU VEUX RETOURNER EN CONSULTATION DANS CET HÔPITAL !?
SI
PLAF
BON ! MAIS CETTE FOIS, TU IRAS SEULE ! J'EN AI MARRE, MOI, D'ÊTRE TRAITÉ MOINS QU'UNE ENDIVE !
D'ACCORD !
EUH... À PROPOS D'ENDIVES... EN M'ATTENDANT, SI TU POUVAIS...
SI JE POUVAIS QUOI ?!
IL N'Y A PLUS RIEN DANS LE FRIGO ! J'AI FAIT LA LISTE DE CE QU'IL FAUDRAIT ACHETER...
282
PLUS TARD
MARRE ! Y EN A MARRE !
ALORS, ÇA AVANCE LÀ-DEVANT !?
PROMO
UN PEU DE CALME, S.V.P., MONSIEUR !
VOUS, ON NE VOUS A RIEN DEMANDÉ !
OÔÔÔH !
YOUPI
TUT TUUT TAT TUUT TUUT TUT
ZA
5
Bercovici - Cauvin

Plainte contre X

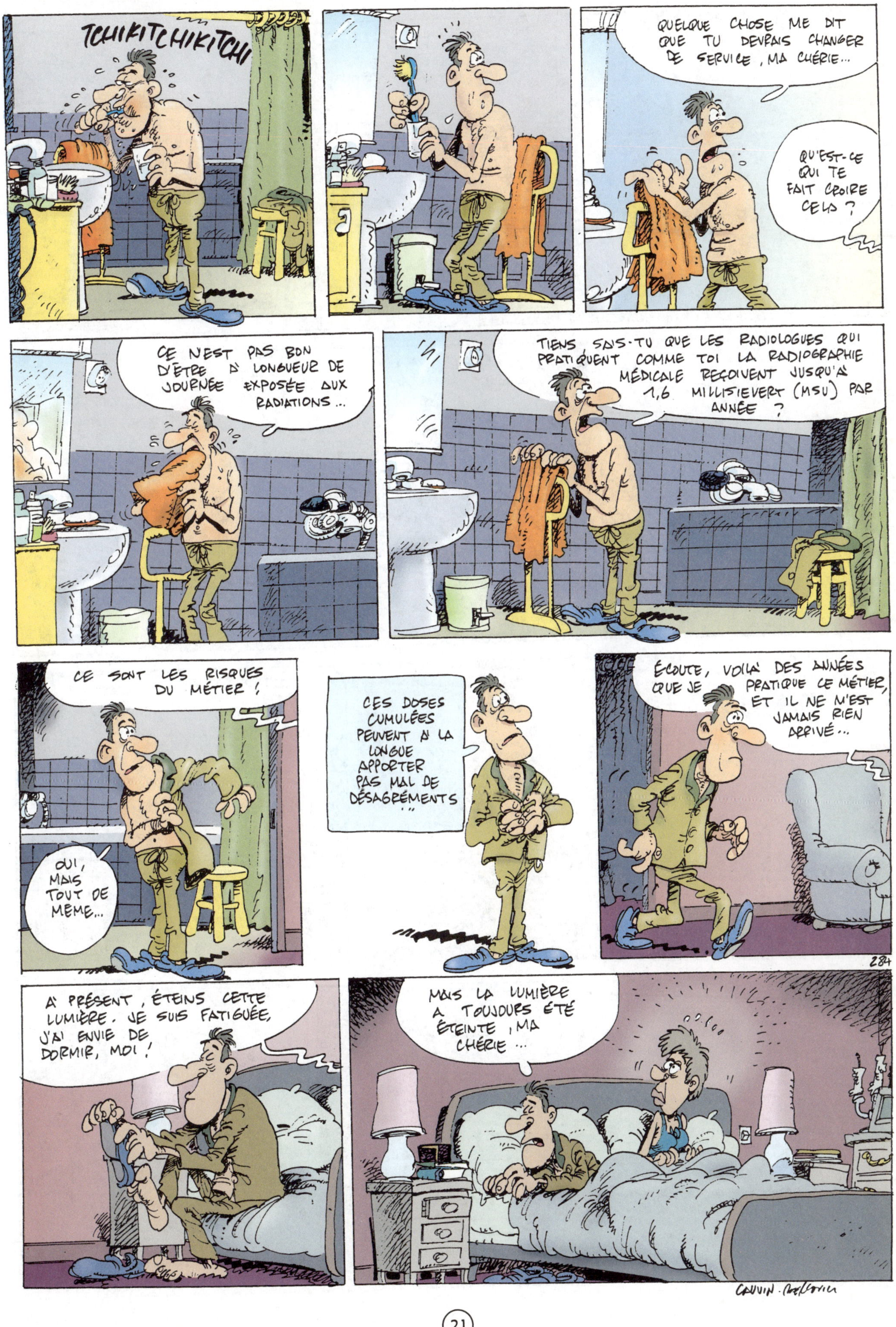

Dans le pontage...

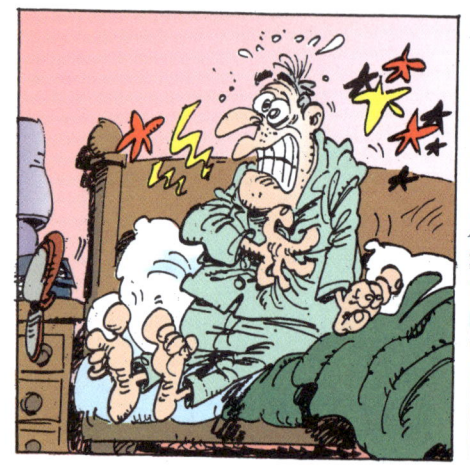

ENCORE PLUS TARD...
ATTENTION !
TOUT LE MONDE EST PRÊT ?
ON OUVRE !
SCALPEL !
KRRRRRRRRRR
VLAM
?
MAIS ENFIN, QU'EST-CE QUI VOUS PREND ? NOUS SOMMES OCCUPÉS À FAIRE UN TRIPLE PONTAGE ET...
UN INCENDIE S'EST DÉCLARÉ DANS L'AILE DROITE DE L'HÔPITAL, DOCTEUR...
LE... LE FEU SE DIRIGE PAR ICI !
RETOURNEZ LÀ-BAS ! SI ÇA S'AGGRAVE, PRÉVENEZ-NOUS !
BIEN !... EUH... HEM... UN DOUBLE PONTAGE SUFFIRA !
VLAM
L'INCENDIE S'ÉTEND !... ILS SONT EN TRAIN D'APPLIQUER LE PLAN CATASTROPHE. ON ÉVACUE TOUS LES PATIENTS VERS LES HÔPITAUX DES ENVIRONS !

RETOURNEZ LÀ-BAS, ET...
COMPTEZ SUR MOI DOCTEUR!
TOUT COMPTE FAIT, ON VA LUI FAIRE UN SIMPLE PONTAGE...
VLAM
LA CAGE D'ESCALIER EST EN FLAMMES! LE FEU A ATTEINT LE BOUT DU COULOIR!
ON REFERME!
273
BON SANG! GROUILLEZ-VOUS! TOUT EST EN TRAIN DE FLAMBER!
OUI, MAIS, ET LUI ?!
ALLEZ-Y!
JE M'EN OCCUPE!
B.. BON!

OÙ LE MET-ON ?
IL FAUT L'ÉVACUER VERS UN AUTRE HÔPITAL, COMME LES AUTRES !
IMPOSSIBLE ! TOUS LES HÔPITAUX SONT PLEINS À CRAQUER !
ALORS ?
RAMENEZ-LE CHEZ LUI. ON LE RÉOPÉRERA À L'OCCASION !
COMME VOUS VOUDREZ, DOCTEUR !
PLUS TARD
LE DOCTEUR A ÉTÉ FORMEL ! D'ICI À LA PROCHAINE INTERVENTION, ÉVITEZ-LUI TOUT CHOC ÉMOTIONNEL. N'OUBLIEZ PAS, SON COEUR EST FAIBLE, ÇA POURRAIT LE TUER !
ET QU'EST-CE QUE JE VAIS LUI DIRE, MOI, QUAND IL SE RÉVEILLERA ?
BAH, VOUS TROUVEREZ BIEN, ON VOUS FAIT CONFIANCE...

Z.
ROBERT, LE CAFÉ EST PRÊT!
?
? ? ?
AAAAAAH!!
CHÉRIIIIE!
REGARDE!
ALLONS BON, IL A ENCORE FALLU QUE TU TE COUPES EN TE RASANT! C'EST TOUT TOI, ÇA!
PLUS TARD...
ALLONS, ALLONS, JE SUIS SÛR QUE TU TE FAIS DES IDÉES. ET D'ABORD, QU'EST-CE QUI TE FAIT CROIRE QUE TA FEMME A FAILLI TE TUER?
JE N'AI QU'UN RASOIR ÉLECTRIQUE!
5
CAUVIN - BERCOVICI

Œil pour œil

URGENCES
PAR ICI !
ÉTENDEZ-VOUS ! LE DOCTEUR NE VA PAS TARDER À ARRIVER...
QU'EST-CE QUI VOUS EST ARRIVÉ, AU JUSTE ?
DIEU DU CIEL !
APPAREMMENT, L'ŒIL N'A PAS ÉTÉ TOUCHÉ ; N'EMPÊCHE, DANS VOTRE CAS, J'IRAIS QUAND MÊME VOIR UN OPHTALMOLOGUE.
EN ATTENDANT, JE VAIS VOUS DONNER UN SACHET DE GLACE À METTRE DESSUS !
PLUS TARD...
ÇA VA MIEUX ?
OUAIS !
JE NE VOUDRAIS PAS ÊTRE INDISCRÈTE, MAIS QU'EST-CE QUI VOUS A MIS DANS UN ÉTAT PAREIL ?
VOUS ÊTES TOMBÉ ?
OUAIS ! SUR MA FEMME !
JE SUIS RENTRÉ UN PEU IVRE HIER SOIR. ELLE A ÉLEVÉ LA VOIX, J'ÉTAIS UN PEU ÉNERVÉ, JE LUI AI COLLÉ UNE BAFFE.
PAUVRE FEMME...

AH OUAIS ? ON VOIT BIEN QUE VOUS NE LA CONNAISSEZ PAS ! ELLE A AUSSITÔT RÉAGI EN ME COLLANT SON POING DANS LA FIGURE ! ...
ET VOILÀ !
ELLE A BIEN FAIT !
HEIN ?
J'AI TOUJOURS EU HORREUR DE CES MACHOS QUI LÈVENT LA MAIN SUR LES FEMMES ! CE SONT DES LÂCHES !
EH, LA NANA, DE QUOI JE ME MÊLE !? JE NE VOUS AI PAS DEMANDÉ SI VOTRE GRAND-MÈRE FAISAIT DU SKATE DANS LES ESCALATORS !
RESTEZ POLI, VOULEZ-VOUS !
JE SUIS VENU ICI POUR ME FAIRE SOIGNER ! PAS POUR RECEVOIR DES LEÇONS D'UNE GRANDE BRINGUE ...
MUFLE !
VIEILLE SAUTERELLE !
BÊTE FEMME !
FÉMINISTE !
VARICE !
PLUS TARD...
BERNARD, MON CHÉRI, SI TU SAVAIS COMME JE REGRETTE !
?
BON, D'ACCORD, LE PREMIER, C'EST MOI ...
278
MAIS L'AUTRE ?
MOI, À TA PLACE, J'IRAIS QUAND MÊME PASSER UNE RADIO !
MAIS NOOON, PUISQUE JE TE DIS QUE JE N'AI RIEN DE CASSÉ...
TU NE VEUX TOUJOURS PAS NOUS DIRE CE QUI T'EST ARRIVÉ ?
CAUVIN - BERCOVICI

Super-régime

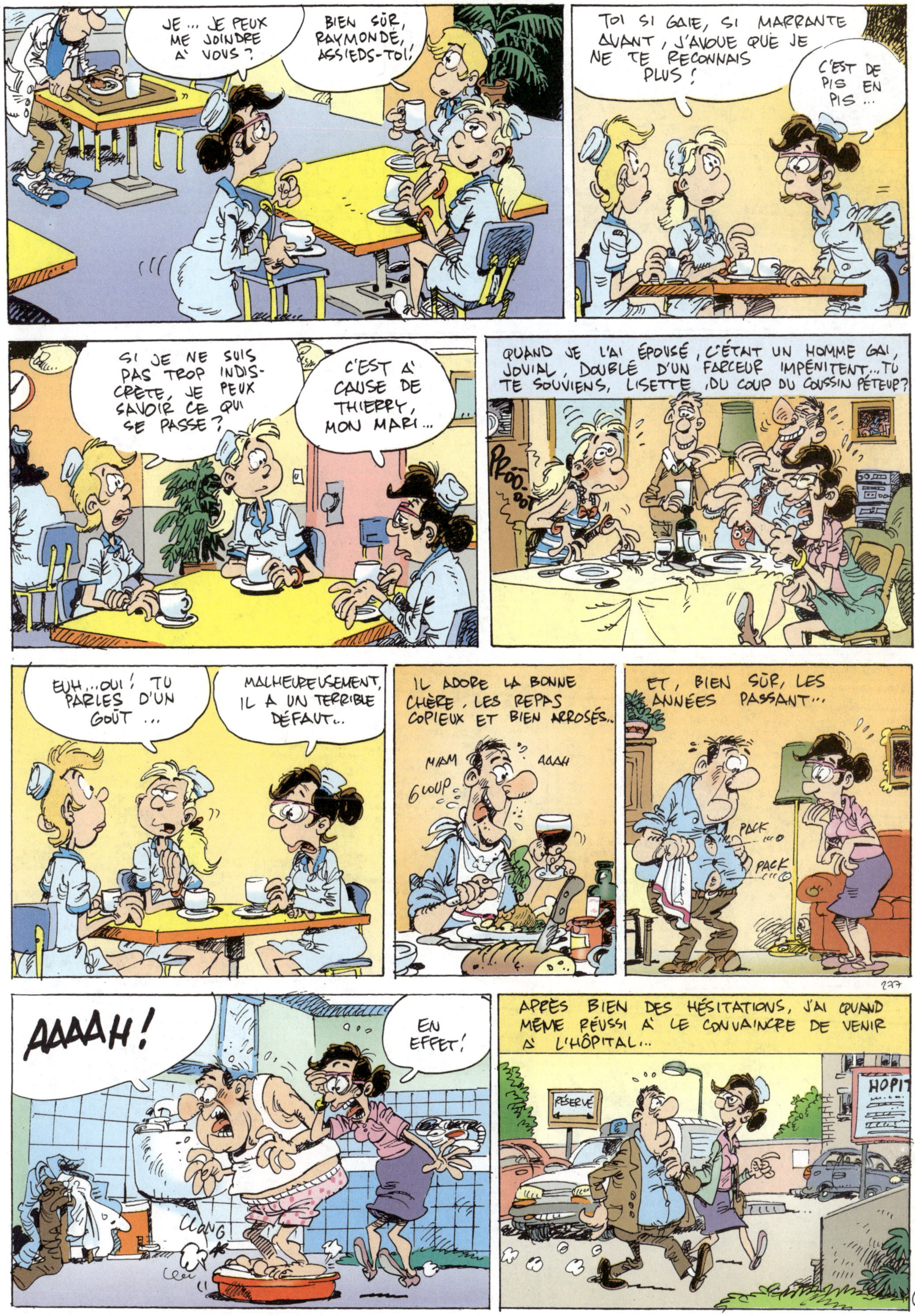

OÙ ON LUI A PRATIQUÉ UNE GASTROPLASTIE.
QU'EST-CE QU'ON LUI A FAIT, EXACTEMENT ?
ON LUI A AGRAFÉ SEPT HUITIÈMES DE L'ESTOMAC...
L'ACCÈS DU HUITIÈME RESTANT A ÉTÉ RÉTRÉCI PAR UN ANNEAU D'UN DIAMÈTRE DE LA TAILLE D'UNE NOISETTE.
ET PUIS ON LUI A EXPLIQUÉ LES TROIS CONSIGNES À SUIVRE : NE PAS MANGER EN REGARDANT LA TÉLÉVISION, BIEN MÂCHER, ET MANGER EN SILENCE...
DEPUIS CE JOUR, MA VIE EST DEVENUE UN RITUEL IMMUABLE...
JE RENTRE CHEZ MOI VERS 19 HEURES...
JE PRÉPARE LE DÎNER PENDANT QUE LUI TERMINE SON PETIT DÉJEUNER.
MÂCHE MÂCHE
MÂCHE MÂCHE MÂCHE GLOUPS
VERS 20 HEURES, JE LUI SERS LE DÎNER.
QU'EST-CE QUE C'EST ?
UNE AILE DE POUSSIN, UNE CUILLÈRE À CAFÉ DE PURÉE, TROIS PETITS POIS ET UN DEMI-VERRE D'EAU.
ET NOUS MANGEONS, CHACUN DE NOTRE CÔTÉ, EN SILENCE.
MÂCHE MÂCHE MÂCHE MÂCHE MÂCHE

ENSUITE, JE FAIS LA VAISSELLE...
MÂCHE MÂCHE MÂCHE MÂCHE MÂCHE MÂCHE
ET JE DIS QUELQUES MOTS AU CANARI, HISTOIRE DE PASSER LE TEMPS!
MÂCHE MÂCHE MÂCHE MÂCHE MÂCHE MÂCHE
MOI, ÇA VA! ET TOI?
VERS 23 HEURES, JE VAIS ME COUCHER...
MÂCHE MÂCHE MÂCHE MÂCHE MÂCHE
23:05
POUR ME LEVER À CINQ HEURES...
BEEEP BEEP BEEEP
05:00
MÂCHE MÂCHE MÂCHE MÂCHE MÂCHE
MÂCHE MÂCHE MÂCHE MÂCHE
LÀ, JE LUI PRÉPARE LE PETIT DÉJEUNER PENDANT QU'IL TERMINE LE DERNIER PETIT POIS DE LA VEILLE...
MÂCHE MÂCHE MÂCHE
GLOUPS
QU'EST-CE QUE C'EST?
UN BLANC D'ŒUF!
NATURELLEMENT, LE RÉSULTAT NE S'EST PAS FAIT ATTENDRE...
J'AI ENCORE PERDU CINQ KILOS!
TU ES HEUREUX?
OH OUI!
YOUPEEE!
OÙ VAS-TU?
TERMINER MON BLANC D'ŒUF AVANT DE DÎNER!

AU FAIT, QU'EST-CE QU'IL FAIT DANS LA VIE, TON MARI ?
AVANT, IL ÉTAIT PLOMBIER. À PRÉSENT, IL NE FAIT QUE MÂCHER...
DIS-MOI, RAYMONDE, CETTE OPÉRATION N'EST PAS IRRÉVERSIBLE À CE QUE JE SACHE...
NON BIEN SÛR ... POURQUOI ?
AH NON, THIERRY NE VOUDRA JAMAIS ! IL SE SENT TELLEMENT MIEUX DEPUIS QU'IL A RETROUVÉ LA LIGNE...
IL TE L'A DIT ?
EUH... NON ! VOUS... VOUS CROYEZ QUE... ?
SLAM
THIERRY, IL FAUT QU'ON PARLE, TOUS LES DEUX !
MÂCHE ?
PLUS TARD...
ENCORE PLUS TARD...
JE PEUX ME JOINDRE À VOUS ?
BIEN SÛR ! ALORS, RAYMONDE, COMMENT ÇA VA ?
FORMIDABLE, TOUT EST REDEVENU COMME AVANT ! MON MARI, NE SACHANT QUE FAIRE POUR VOUS REMERCIER, M'A PRIÉ DE VOUS REMETTRE CECI !
OH, COMME C'EST GENTIL !
QU'EST-CE QUE C'EST ?
L'ANNEAU ET LES AGRAFES !
TU PARLES D'UN GOÛT...
EFFECTIVEMENT, J'AI BIEN L'IMPRESSION QUE TOUT EST VRAIMENT REDEVENU COMME AVANT...
CAUVIN · BERCOVICI

Conte de Noël

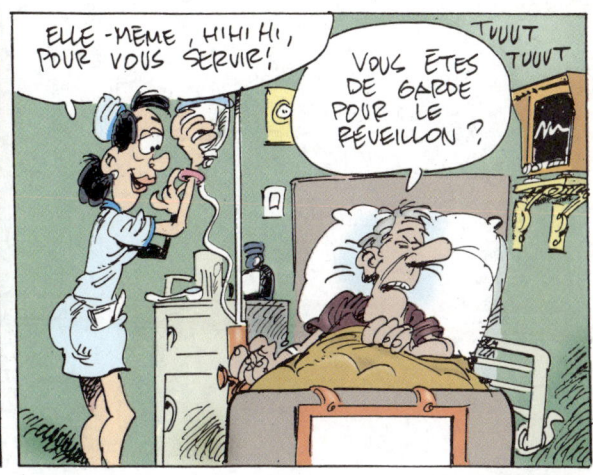

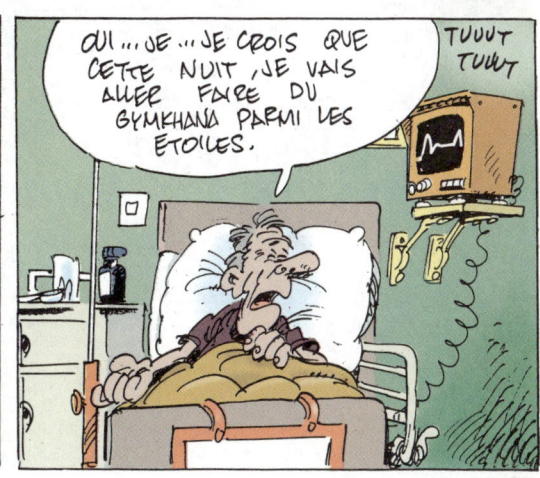

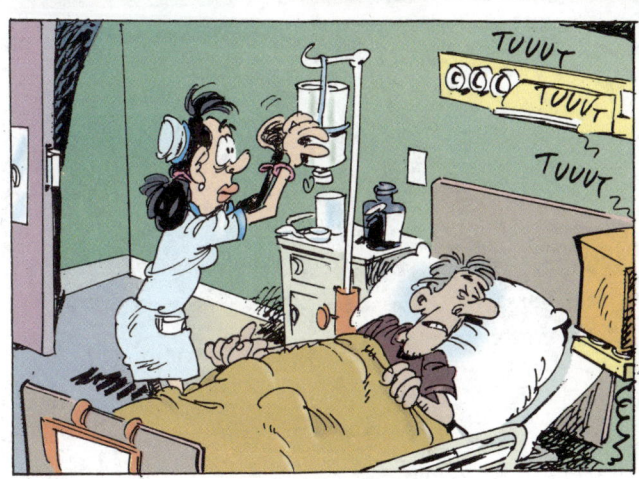

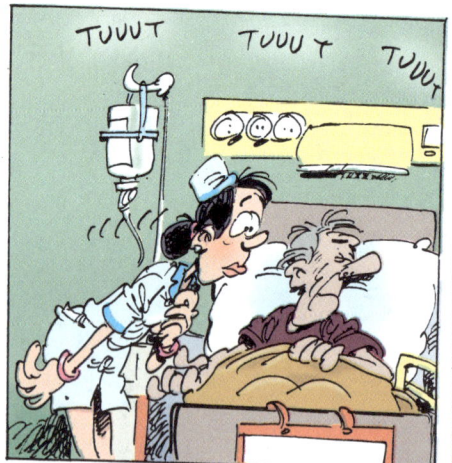

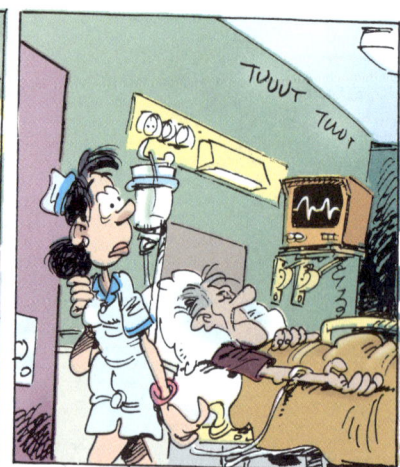

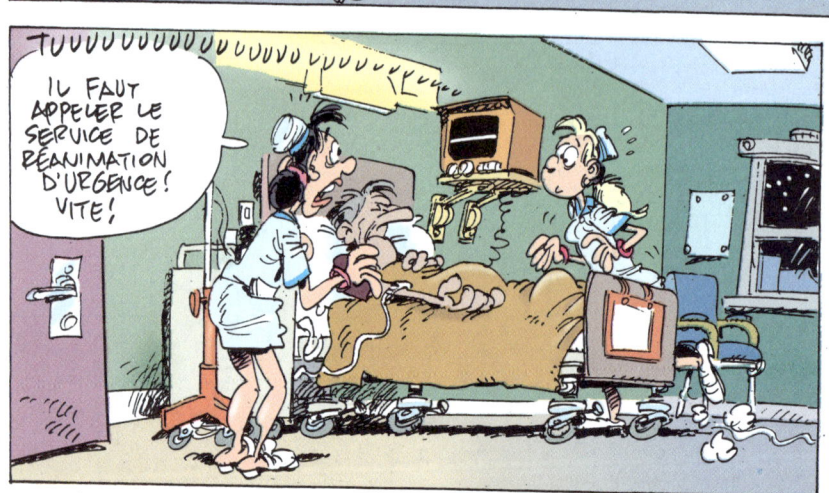

POURTANT, AUSSI BEAUX SERONT-ILS, AUCUN NE VAUDRA LE MIEN... / LE VÔTRE?..	TUUUT TUUUT TUUUT	TUUUT TUUUT

COMMENT VA-T-IL?	TUUUT	TUUUUUUUUUUUUUU

TUUUUUUUUU / IL FAUT APPELER LE SERVICE DE RÉANIMATION D'URGENCE! VITE!	C'EST INUTILE, ON NE PEUT PLUS RIEN POUR LUI. / CLIC

NE SOIS PAS TRISTE, CLAUDIA! C'EST UN CADEAU DU CIEL. ENTRE NOUS, C'EST CE QUI POUVAIT LUI ARRIVER DE MIEUX... / UN CADEAU, DIS-TU...	C'ÉTAIT DONC ÇA... / QUOI DONC? / OH, TU NE POURRAIS PAS COMPRENDRE...

C'est à cette heure-ci que tu rentres ?

ALORS UN JOUR, J'AI CRAQUÉ, ET SOUS LE PRÉTEXTE FALLACIEUX D'ALLER ME CHERCHER UN PAQUET DE CIGARETTES, J'AI QUITTÉ LA MAISON...	JE ME SUIS EMBARQUÉ SUR LE PREMIER RAFIOT VENU ET JE SUIS PARTI À L'AVENTURE...
J'AI VÉCU QUINZE LONGUES ANNÉES AU VENEZUELA...	ET PUIS SOUDAIN, UN JOUR, J'AI EU DES REMORDS. J'AI EU ENVIE DE LA REVOIR, SAVOIR SI ELLE AVAIT CHANGÉ...
...SI ELLE ÉTAIT REDEVENUE LA PETITE POUPÉE QUE J'AVAIS TANT AIMÉE DANS MES JEUNES ANNÉES...	J'AI PRIS L'AVION...
J'AI DÉBARQUÉ CE MATIN...	...J'AI SAUTÉ DANS UN TAXI...	...ET JE ME SUIS RENDU À LA MAISON OÙ J'AI TROUVÉ PORTE CLOSE.

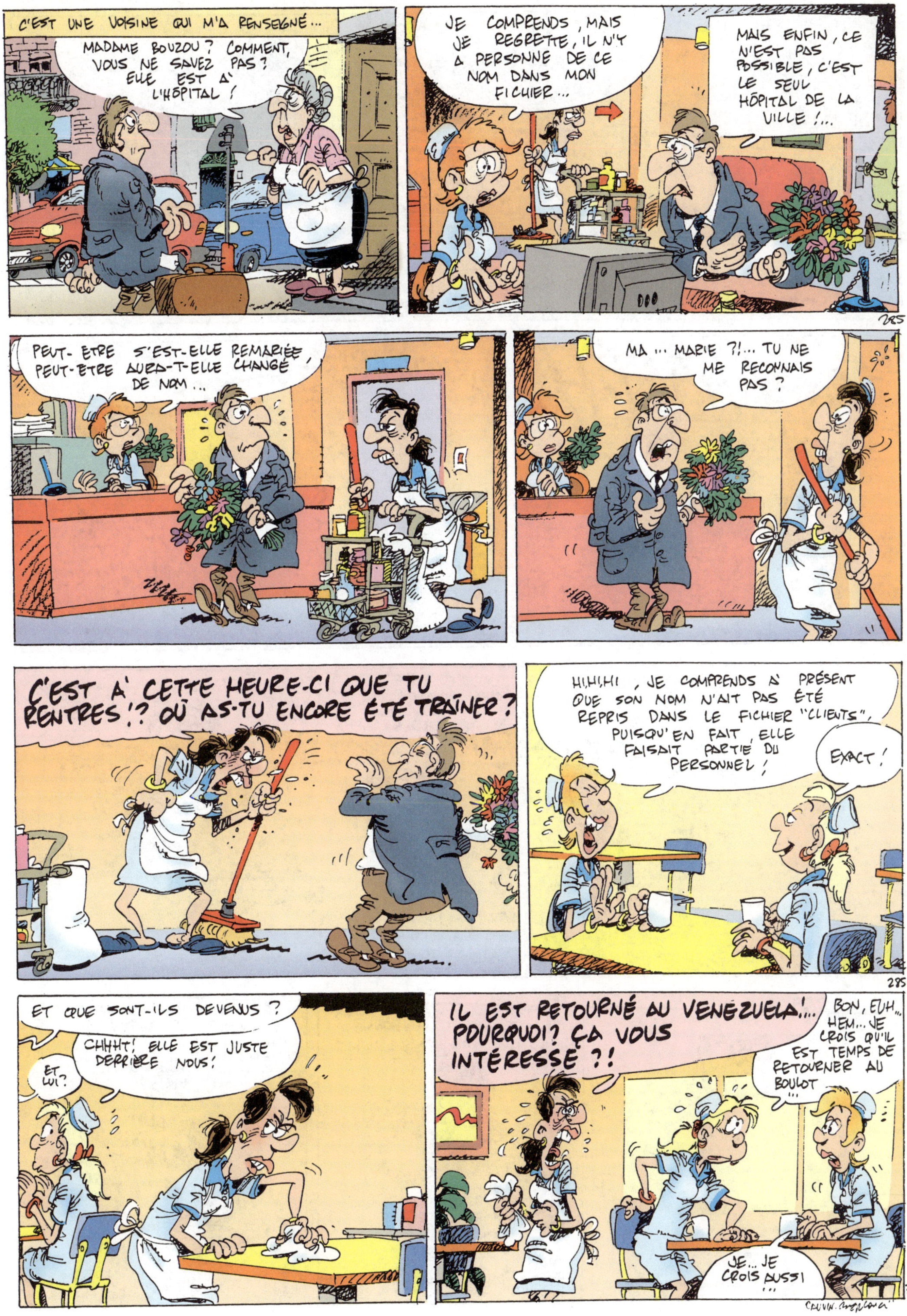
C'EST UNE VOISINE QUI M'A RENSEIGNÉ...
MADAME BOUZOU? COMMENT, VOUS NE SAVEZ PAS? ELLE EST À L'HÔPITAL!
JE COMPRENDS, MAIS JE REGRETTE, IL N'Y A PERSONNE DE CE NOM DANS MON FICHIER...
MAIS ENFIN, CE N'EST PAS POSSIBLE, C'EST LE SEUL HÔPITAL DE LA VILLE!...
PEUT-ÊTRE S'EST-ELLE REMARIÉE, PEUT-ÊTRE AURA-T-ELLE CHANGÉ DE NOM...
MA... MARIE ?!... TU NE ME RECONNAIS PAS?
C'EST À CETTE HEURE-CI QUE TU RENTRES!? OÙ AS-TU ENCORE ÉTÉ TRAÎNER?
HI,HI,HI, JE COMPRENDS À PRÉSENT QUE SON NOM N'AIT PAS ÉTÉ REPRIS DANS LE FICHIER "CLIENTS", PUISQU'EN FAIT, ELLE FAISAIT PARTIE DU PERSONNEL!
EXACT!
ET QUE SONT-ILS DEVENUS?
ET LUI?
CHHHT! ELLE EST JUSTE DERRIÈRE NOUS!
IL EST RETOURNÉ AU VENEZUELA!... POURQUOI? ÇA VOUS INTÉRESSE?!
BON, EUH... HEM... JE CROIS QU'IL EST TEMPS DE RETOURNER AU BOULOT...
JE... JE CROIS AUSSI...

Allô ? Centre antipoison ?

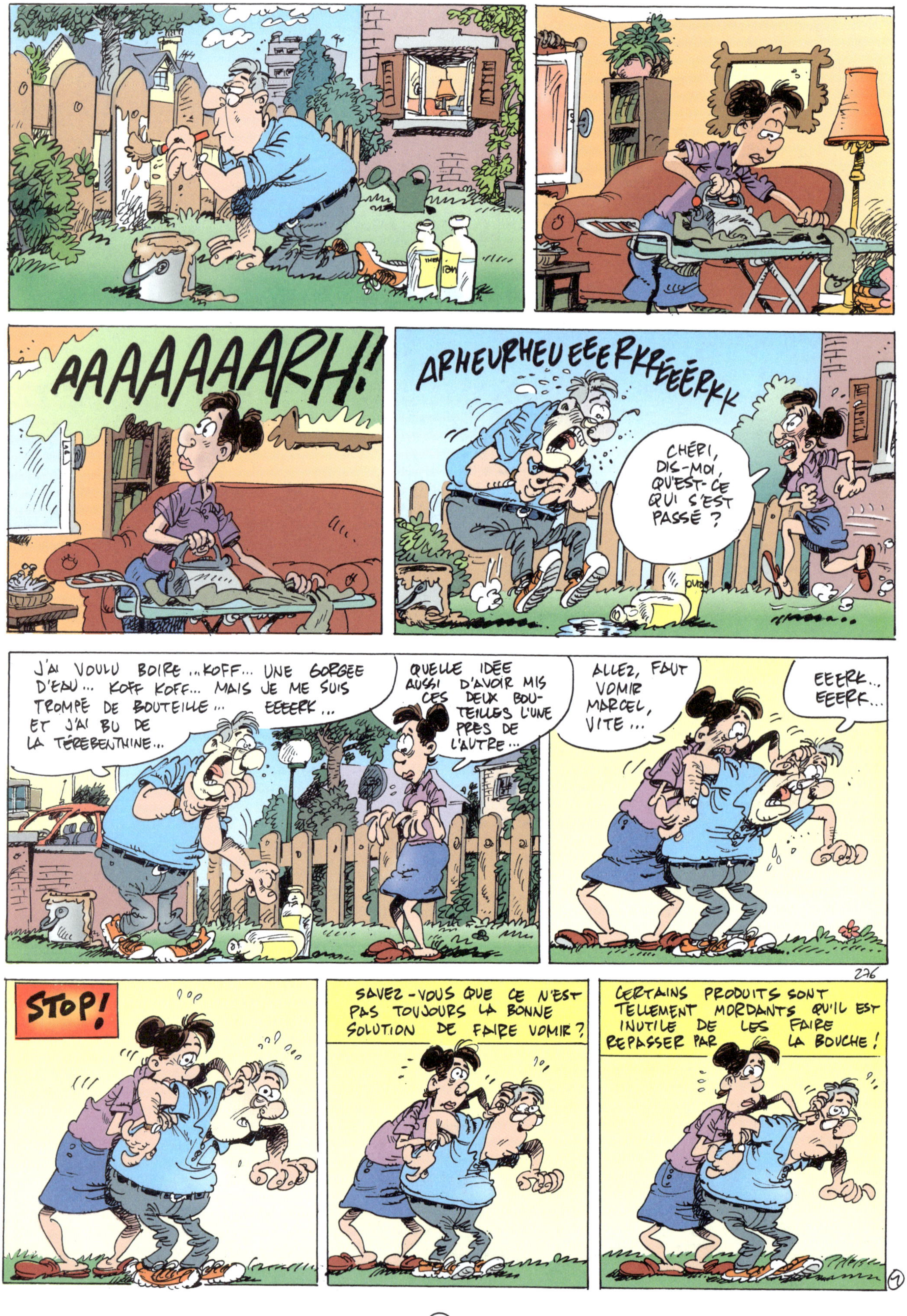

DU LAIT, MARCEL, IL TE FAUT BOIRE DU LAIT !
STOP !
?
?
AUTRE ERREUR QU'ON COMMET SOUVENT ... CROIRE QUE LE LAIT PEUT ÊTRE UN ANTI-POISON !
IL VAUT MIEUX NE PAS EN PRENDRE QUAND ON A ABSORBÉ UN PRODUIT DANGEREUX...
MAIS ALORS ?
METTEZ-VOUS AU PLUS TÔT EN RAPPORT AVEC UN CENTRE ANTI-POISON QUI VOUS DONNERA LES MEILLEURS CONSEILS.
BON !
ALLÔ ?! ALLÔ ?! ... LE CENTRE ANTI-POISON ? MON MARI A BU DE LA TÉRÉBENTHINE...
KOFF EUERK
NOOON ?
SI !
HA HA HA HA HA HA HA HA
DÉSOLÉ, MA PETITE DAME, IL Y A ERREUR ! MOI, C'EST ROBERT DE LA BOUCHERIE LACOTALOS ! HIHI !
CLIC
VOILÀ CE QUI ARRIVE QUAND ON S'ÉNERVE...
ALLÔ ? C'EST BIEN LE CENTRE ANTI-POISON ?
OUI, JE VOUS ÉCOUTE ?
MON MARI VIENT DE BOIRE UNE GORGÉE DE TÉRÉBENTHINE...
BIEN...

PREMIÈRE CHOSE: L'EMPÊCHER DE VOMIR.
MERCI, ÇA, JE LE SAIS...
EERK ERRRK
...CERTAINS PRODUITS SONT TELLEMENT MORDANTS QU'IL EST INUTILE DE...
JE LE SAIS, JE VOUS DIS!
DEUXIÈME CHOSE: NE LUI FAITES PAS BOIRE DE LAIT...
MMMMMM
GNNNN
GNNNN NNN
C'EST UNE ERREUR QU'ON COMMET SOUVENT: CROIRE QUE LE LAIT PEUT ÊTRE UN ANTI-POISON...
AH? VOUS LE SAVIEZ AUSSI?
OUI!
VOUS SAVEZ DONC QU'IL NE FAUT PAS EN PRENDRE LORSQU'ON A ABSORBÉ UN PRODUIT DANGEREUX?
OUI! ET À PRÉSENT QU'EST-CE QUE JE FAIS?!
METTEZ-VOUS PLUTÔT EN RAPPORT AVEC UN CENTRE ANTI-POISON...
MAIS... MAIS C'EST CE QUE J'AI FAIT!
QUI VOUS PRODIGUERA LES MEILLEURS CONSEILS!
VOILÀ, C'EST FAIT!
C'EST... C'EST TOUT?
QU'EST-CE QUE VOUS VOULEZ QU'ON FASSE DE PLUS?
CLIC
GHHHHHKK...
HHHHKK HHHHKK...
EUEUUUUUÈÈRK
BLAF
ARG.
276
VOUS ÊTES CERTAINE D'AVOIR FAIT TOUT CE QU'IL FALLAIT?
JE VOUS LE JURE!
ALORS, VOUS N'AVEZ RIEN À VOUS REPROCHER.
POUR UNE BÊTE HISTOIRE, C'EST UNE BÊTE HISTOIRE!
CAUVIN. HERCOUËT 95

L'époux dans la tête

RAOUL, HOUHOUOUUU !

QU'EST-CE QUE TU DEVIENS ? ÇA FAIT UNE PAIE QU'ON NE T'A VU...

JE VIENS DE SORTIR DE L'HÔPITAL.

DE L'HÔPITAL ? QU'EST-CE QUI T'EST ARRIVÉ ?

OH, C'EST UNE LONGUE HISTOIRE...

RACONTE !

POUR QUE TU COMPRENNES BIEN, JE DOIS FAIRE UN RETOUR EN ARRIÈRE...

J'AI VÉCU TRENTE ANS AVEC LA MÊME ÉPOUSE, ET DIEU M'EST TÉMOIN QUE J'AI EU DU MÉRITE...

LES DIX PREMIERS JOURS DE NOTRE MARIAGE PASSÈRENT COMME DANS UN RÊVE...

LE ONZIÈME JOUR, J'AI TOUJOURS IGNORÉ POURQUOI, ELLE S'EST SOUDAIN MISE À ME REGARDER COMME SI J'ÉTAIS DEVENU UN VER, UNE LIMACE, UN POU...

J'AI VÉCU TRENTE ANS MOINS DIX JOURS AUX CÔTÉS D'UNE FEMME QUI ME CONSIDÉRAIT COMME UN POU...

NE PAS L'AVOIR QUITTÉE ?... POURQUOI

J'Y AI PENSÉ !... PIRE, J'AI MÊME SONGÉ À L'ÉLIMINER... MAIS JE N'AI JAMAIS RÉUSSI À M'Y RÉSOUDRE...

(41)

ET PUIS, UN JOUR, IL Y A QUELQUES MOIS, ALORS QUE NOUS ROULIONS SUR UNE PETITE ROUTE DE CAMPAGNE...
VROOOM
ON S'EST MIS À SE CHAMAILLER.
RAOUL, TU ROULES TROP À DROITE.
ALLONS, BON.
RAOUL, TU ROULES TROP À GAUCHE !
HMPF !
RAOUL, TU...
OH, ET PUIS ZUT ! TU VEUX LE VOLANT, PRENDS-LE !
ET NATURELLEMENT, CE QUI DEVAIT ARRIVER...
...ARRIVA.
JE ME SUIS RÉVEILLÉ À L'HÔPITAL.
DOCTEUR, IL OUVRE LES YEUX !
ON PEUT DIRE QUE VOUS REVENEZ DE LOIN... SIX JOURS, QUE VOUS ÊTES RESTÉ DANS LE COMA...
MA... MA FEMME ?...
HÉLAS, ELLE N'A PAS EU VOTRE CHANCE. ELLE EST DÉCÉDÉE DÈS SON ARRIVÉE.
J'AI HONTE DE L'AVOUER, MAIS SUR LE COUP, CETTE NOUVELLE ME PROCURA UNE JOIE IMMENSE...

MAIS VOUS POUVEZ LA REMERCIER...
AH BON ?
OUI! SANS ELLE VOUS SERIEZ AVEUGLE À L'HEURE QU'IL EST...
JE ...JE NE COMPRENDS PAS...
...QUAND ON VOUS A AMENÉ ICI, VOUS AVIEZ COMPLÈTEMENT PERDU LA VUE...
UNE GREFFE S'IMPOSAIT. IL FALLAIT FAIRE VITE...
VOTRE FEMME ÉTAIT LÀ, CLINIQUEMENT MORTE...
ON N'A PAS HÉSITÉ.
QUOI ? VOUS VOULEZ DIRE QUE VOUS M'AVEZ GREFFÉ SES YEUX ?!
C'EST EXACT.
?
!
DEPUIS CE JOUR, MA VIE A BASCULÉ...
À CHAQUE FOIS QUE JE ME RASAIS...
C'ÉTAIT LE REGARD DE MA FEMME QUI SE REFLÉTAIT DANS LE MIROIR
...ET JE ME VOYAIS TEL QU'ELLE ME VOYAIT! UN POU! UN POU EN TRAIN DE SE RASER! RIDICULE...

ET PUIS UN JOUR, N'EN POUVANT PLUS, J'AI CRAQUÉ!
JE SUIS RETOURNÉ À L'HÔPITAL. JE LES AI SUPPLIÉS DE RECOMMENCER LA GREFFE, DE ME METTRE D'AUTRES YEUX...
APRÈS BIEN DES HÉSITATIONS, ILS ONT FINI PAR ACCEPTER...
BLOC OPERATOIRE
?
ET VOILÀ, JE SUIS SORTI DE L'HÔPITAL HIER SOIR.
QUE SONT DEVENUS LES YEUX DE TA FEMME?
JE L'IGNORE! RÉIMPLANTÉS SUR UN RECEVEUR ANONYME, SANS AUCUN DOUTE. GRAND BIEN LUI FASSE!
?
AAAAH...!!!
RAOUL?!
VOUS AVEZ SUBI UNE INTERVENTION DE LA VUE, DERNIÈREMENT?
EFFECTIVEMENT! ON M'A GREFFÉ DEUX NOUVEAUX YEUX LE MOIS DERNIER!
AH! JE COMPRENDS TOUT MAINTENANT! ET... VOUS EN ÊTES SATISFAIT?
BEN, JUSTEMENT, NON! FIGUREZ-VOUS QUE JE ME POSAIS DES QUESTIONS...
...EN VOUS VOYANT EN PLEINE DISCUSSION AVEC CE POU!
DOIT Y AVOIR COMME UN DÉFAUT!

Incident de parcours...

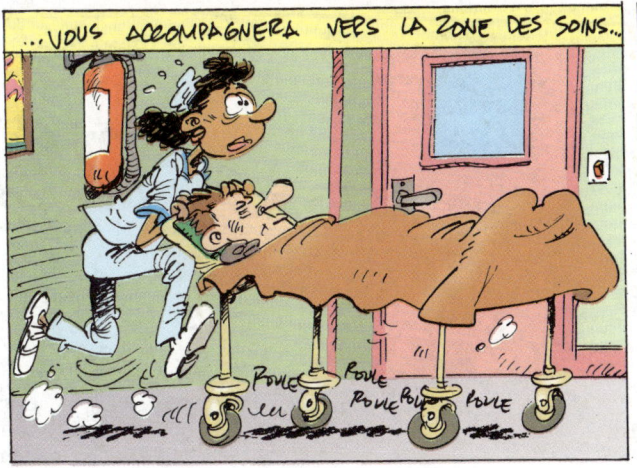

ENVOYEZ-LE DIRECTEMENT EN SALLE D'EXAMEN !
ELLES SONT TOUTES OCCUPÉES !
EH BIEN, LIBÉREZ-EN UNE !
OUI, DOCTEUR !
ENSUITE, ELLE S'INFORMERA DE VOS SOINS...
QU'EST-CE QUE VOUS ALLEZ LUI FAIRE ?
D'ABORD, ESSAYER DE STOPPER LES HÉMORRAGIES. POUR LES FRACTURES ON VERRA APRÈS.
...ET DE L'ORIENTATION ULTÉRIEURE...
OÙ POURRAI-JE LE RETROUVER ?
EN SALLE DE RÉANIMATION, SI TOUT VA BIEN...
...RENSEIGNERA VOS PROCHES, SOIT DIRECTEMENT...
MADAME LEBASQUE ? VOTRE MARI EST ICI, À L'HÔPITAL ST-FRANÇOIS...
SI... IL A PRIS LE T.G.V !
SOIT EN RÉPONDANT AU TÉLÉPHONE...
UN MONSIEUR LEBASQUE ? OUI, IL EST ARRIVÉ CE MATIN PAR LE T.G.V DE 10H.45...
QUAND LE MÉDECIN AURA DÉCIDÉ DE VOTRE RETOUR CHEZ VOUS, ELLE S'ASSURERA QUE TOUS LES SOINS VOUS AURONT BIEN ÉTÉ PRODIGUÉS ET QUE VOUS DISPOSEZ DE TOUS VOS DOCUMENTS MÉDICAUX...
ÇA, C'ÉTAIT LA THÉORIE, PASSONS MAINTENANT À LA RÉALITÉ...
WUUUUU
TGV
BANG

¡¡¡OUI¡¡¡OUI¡¡¡¡¡
?
EEEEH !?
QU'EST-CE QUE...?
BEEEÊRK...
C'EST TOUJOURS SUR MOI QUE ÇA TOMBE, CES TRUCS-LÀ !
DITES ! IL Y A UNE URGENCE QUI...
PLUS TARD ! ON EST OCCUPÉS !
272
IL M'A L'AIR DRÔLEMENT AMOCHÉ...
IL PERD SON SANG EN ABONDANCE !
IL SALIT TOUTE L'ENTRÉE !
... ET DE PLUS IL GÊNE LE PASSAGE !
EH ?
OH !
OUAIS ! AUTANT M'ADRESSER À UNE COMPRESSE !
APPAREMMENT, IL N'Y A PERSONNE QUI M'ÉCOUTE !
DRIIING DRRIIING
3

ALLÔ !? QUI ÇA ?! MAIS QU'EST-CE QUE VOUS VOULEZ QUE J'EN SACHE, MOI, MADAME ?...
DES BLESSÉS, IL EN ENTRE ICI TOUS LES JOURS !
LEBASQUE, DITES-VOUS ? JE N'AI PAS LE TEMPS DE VÉRIFIER MAINTENANT... C'EST ÇA, RAPPELEZ PLUS TARD !
ALORS, OÙ EST-IL ?
VOUS AVEZ LES PIEDS DESSUS !
JE PEUX SAVOIR OÙ VOUS L'EMMENEZ ?
QU'EST-CE QUE ÇA PEUT VOUS FAIRE ? VOUS ÊTES DE SA FAMILLE ?
SI JE DEMANDAIS CELA, C'EST TOUT SIMPLEMENT POUR RENSEIGNER LA FAMILLE AU CAS OÙ ON DEMANDERAIT DE SES NOUVELLES !
DITES-LEUR D'ALLER VOIR EN RÉANIMATION... OU À LA MORGUE !
JE NE DIRAI RIEN DU TOUT, ET CE SERA BON COMME ÇA !
NON MAIS !
PLAF
QUEL CARACTÈRE !
...SI, DANS LES DEUX SEMAINES QUI SUIVENT, LE MÉDECIN NE S'EST PAS ENCORE PRONONCÉ SUR VOTRE RETOUR CHEZ VOUS, SI VOUS LE POUVEZ, ÉVADEZ-VOUS...
?
272
ALORS, UN BON CONSEIL, DANS LA MESURE DU POSSIBLE...
WUUUUUUUU
ÉVITEZ LES PETITS INCIDENTS DE PARCOURS. ÇA VAUDRA MIEUX POUR VOUS !
WUUUUUUUUUUU
TUUUT
CAUVIN - BERCOVICI

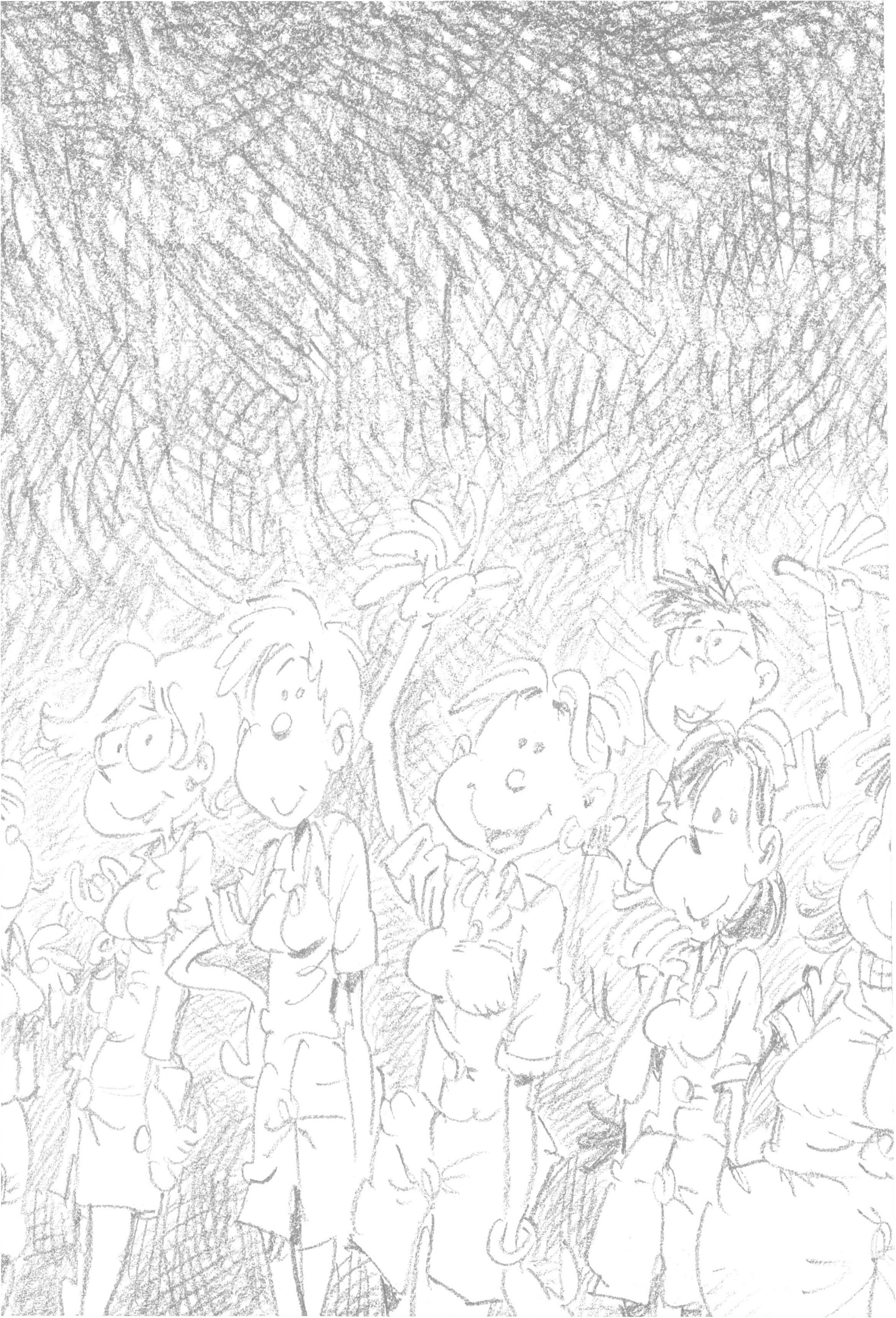